스윙

스윙

여태천 시집

민음의 시 151

민음사

김수영 시집을 펼치고 시를 읽는다.

　우주(宇宙)의 완성을 건 한 자(字)의 생명
　　　　　　　　　　　─「꽃잎 3」(1967)에서

시 사이사이에 기록된 깨알 같은 글씨.
무슨 이유에서였을까?
너덜너덜해진 시집.
김수영의 사진을 본다.
'난닝구' 차림으로 어딘가를 뚫어져라 바라보고 있는 그
의 커다란 눈.
김수영은 난닝구를 입어도 아우라가 생기는구나, 라고 생각
했다.
불행하게도 나는 그때나 지금이나 그 난닝구가 어울리

5

지 않으며, 그 빛나는 눈도 가져 보지 못했다. 체질적으로 그와 난 어울리지 않는다고 생각한 것은 다른 사람들이었다.

수상 소식을 듣고 한참 침묵했다.

김수영을 흠모하는 많은 사람들.

김수영은 이 세계 이외에 다른 세계가 있다는 것을 믿지 않았으며, 허황되게 그것을 시로 표현하지도 않았다. 내가 아는 김수영이다.

다시, 그의 시를 읽는다.

  나도 모르는 사이에
  내 몸이 아프다   —「먼 곳에서부터」(1961)에서

무슨 이유일까? 지금 내 몸이 아프다.

상을 주신 민음사와 심사위원 선생님들, 그리고⋯⋯.

'그리고' 다음에 호명해야 할 너무도 많은 분들에게 감사의 인사를 드린다.

김수영이 내게 말한다.

  나비야 우리 방으로 가자
  어제의 시(詩)를 다시 쓰러 가자   —「시」(1964)에서

2008년 11월 여태천

차 례

시인의 말　　　5

슬프고 두려운 우리말 사전　　　11
스윙　　　12
플라이아웃　　　14
병(病)에 대하여　　　16
칸트와 함께　　　18
원더랜드 1　　　20
마이 볼　　　22
암스테르담　　　24
동시에　　　26
중독　　　28
난독증　　　30
사망진단서　　　31
오늘 ─ 신문 배달원에게　　　32
소녀의 기도　　　34
거울과 함께　　　35
얼굴 없는 요일　　　36
원더랜드 2　　　41
사과와 설탕의 세계　　　42
숨은그림찾기　　　44
더블헤더　　　46
오늘의 요리　　　48
비밀의 시작　　　49

구멍   50

손님   52

이상한 방   53

신발의 힘   54

꿈의 구장   56

국외자 3   58

나는 나에게서   60

그리고 백 년 동안   62

소녀들의 기분   64

퇴행성 감정   65

골목   66

어게인, 당신   68

크리스마스   69

빙하기 소녀 ― 루시에게   70

밤을 잊은 그대에게   72

남자가 흘리지 말아야 할 것은   74

일기예보   75

투명인간   76

원 포인트 릴리프   78

오해   79

기념사진   80

버릇   82

연애를 읽다   84

기록들   86

우리는 가방을 싸고   88

마감 뉴스   89

세상의 집   90

전력 질주   91

작품 해설 / 권혁웅

떠올라(fly), 사라지다(out)   95

슬프고 두려운 우리말 사전

종이비행기가 추락하는 것을 물끄러미 쳐다본다.
내가 날린 1921번째 비행기다.

스윙

커피 물이 끓는 동안에 홈런은 나온다.
그는 왼발을 크게 내디디며 배트를 휘둘렀다.
좌익수 키를 훌쩍 넘어가는 마음.
제기랄, 뭐하자는 거야.
마음을 읽힌 자들이 이 말을 즐겨 쓴다고
이유 없이 생각한다.
살아남은 자의 고집 같은,

커피 물이 다시 끓는 동안의 시간.
식탁 위에 놓인 찻잔을 잠시 잊고 돌아오는 시간.
오후 2시 26분 37초,
몸이고 마음이고 새까맣다.
20년 넘게 믿어 온 기정사실.
내 오후의 어디쯤에는 불이 났고 구멍이 뚫렸던 것이다.
방금 전 먹었던 너그러운 마음을
다시 붙들어 매는 데 걸리는
시간은 고작 17초.
애가 타고 꿈은 그렇게 식는다.

오후 2시 26분 54초,

커피 물이 다시 끓지 않는 시간.

식탁 위로 찻잔을 찾으러 오는 시간.

커피는 아주 조금 식었고

향이 깊어지는

바로 그때

도무지 아무 생각이 나지 않을 때

국자를 들고 우아하게 스윙을 한다.

플라이아웃

이번에도 중견수는 머리 위로 날아오르는 볼을 놓쳤다.

조명 탑의 불빛 속으로 사라진 볼.
뻔히 눈 뜨고도 모르는 사실들.
판단에도 경계라는 게 있어
봐서는 알 수 없는 사실의 자리가 있다.

플라이 볼의 실재는
볼에 있는 걸까, 플라이에 있는 걸까.
비어 있는 궁리(窮理)에 있는 걸까.

플라이 볼이 흔적만 남기고 간 허공.
모양이라고도 할 수 없게
물방울들이 모여 있다.

커피 잔 위의 방울들
유난히 골똘하다.
물일까 아닐까.
안과 밖 어디도 아닌 곳에서 동글동글 굴러다니는,

어떤 날은 몸도 마음도 공중에 있다.
공중을 선회하는 비행기는
날아가는 중일까, 가라앉는 중일까.
갑자기 다리가 사라진 듯 가볍다.

비둘깃과에 속하는 새 한 마리가 긋고 지나가는 하늘.
조류의 마지막에 대해
할 말이 많지 않다.

적당한 높이에 마음을 걸어 두면
어두워서 뚜렷해지는 생각들.
모두 플라이아웃이다.

병(病)에 대하여

나무가 나무에 집중하는 시간.
작년의 잎이 그랬던 것처럼
올해의 잎은 기를 쓰고 자란다.

나무에게 봄은 잃어버린 시간.
나무가 나무에 집중하는 동안
한나절이 기울도록 가슴을 앓는다는 그 女子*를 나는 생
각한다.
아무래도 알 수 없는 이 몹쓸 병에 대해
이웃집 의사는 휴가를 권했다.

나무가 올해의 잎에 집중하는 동안
세탁기는 빙글빙글 돌아가고
나는 대청소를 한다.
쭉 뻗은 내부순환로를 질주하는 자동차들처럼
이리저리 청소기를 밀고 다닌다.
벚꽃의 거리를 가득 메울 사람들을 생각하면서
한 권의 책도 읽지 않고
애를 쓰고 있는 행운목에 눈길 한 번 주지 않고

다리미질을 한다.
분무기를 떠나는 오늘의 물처럼
봄이 요란하고,

하얀 셔츠를 입고 거울을 본다.
이미 몸은 병이 깊어 하얗게 말라 가고 있으니
나는 불현듯 소년이 될 수 없을까.
나무가 나무에 대해 집중하는 동안
나는 하얀 다리의 그 女子를 다시 생각하는 것이다.

* 윤동주의 시 「병원(病院)」의 한 구절.

칸트와 함께

나는 옷을 벗고 『순수이성비판』과 담배 한
갑을 들고 침대에 파고들었다.
―무라카미 하루키, 『1973년의 핀볼』에서

무슨 말을 할까.
눈인사를 하고
우리의 임무는 서로의 오해를 제거하는 데 있다고
그냥 알은체를 할까.

동물원에서 좀 놀았을 뿐인데
모든 게 짐승처럼 보여.

스타킹처럼 매끈한 오해의 밑바닥.
나는 너의 스타킹 위에서 자주 미끄러지고,

낙타에겐 관심도 없다는 듯
뒤도 보지 않고 떠나는 너.
내가 낙타처럼 오래오래 김밥을 먹고 있을 때

생각은 과거로부터 의심은 외부로부터
범주와 관념이
떠나간 그녀로부터 온다는 생각.

어쩐지 식민지적이지 않나요.

감정은 순수하게 외부에
그곳으로부터 바람이 불어오고 있기에
눈을 부릅뜨고 있지만
나는,

원더랜드 1

아무도 기다리지 않았다.

비가 내렸고
늙은 역장이 망명하는 우리를 반겼을 뿐이다.

넘치는 바닷물을 그가 보라고 했을 때
우리가 떠올린 건 마약과 도박과 술, 그리고
바싹 말라 버린
하루의 수면이었다.

고개를 끄덕이며 그는 자전거를 가리켰다.
전등을 빨갛게 켜고
중독(中毒)의 골목을 쏘다니는 사람들.
심중(心中)마다 따르릉 따르릉
비밀의 세계가 들리는 것 같았다.

교각 아래서 주인을 기다리는
노란 자전거들.

창문이 아름다운 게
오래된 빨간 벽돌 때문이라는 것을
도무지 믿을 수가 없었다.

마이 볼

야구도 정치적이라고 생각하는 사람들이
오렌지색 점퍼를 입고
스탠드를 메우고 있었다.

처음 그가 모습을 드러냈을 때
이 바닥 사람들은 외다리인 줄 알았다.
짝다리를 짚고 선 폼과
웃을 때 찢어지는 왼쪽 눈.
완성되지 않았지만
우리는 한 팀이었다.

헐렁한 유니폼과 파마머리
팀의 단 한 명의 투수.
아무도 그의 폼에 속지 않았다.

소금물을 아주 조금씩 마셔 가며
간절하게 그는 매 이닝을 던졌고
우리는 아주 빨리 공격을 마무리했다.
플라이 볼을 잡는 게 귀찮았지만

그의 폼은 우리를 9회까지 버티게 했다.

크나큰 슬픔이 1루 측 스탠드에서 번질 때까지
우리는 크게 마이 볼을 외쳤다.

암스테르담

외로운 사람들은 모두
암스테르담으로 간다.
콧수염을 달고 빨간 나비넥타이를 하고
커피 하우스가 있는 암스테르담으로.
암스테르담
암스테르담
우리는 조금씩 정상인을 닮아 가는 거겠지.

낭만적인 중년의 며칠을 위해
사람들은 물위의 도시로 간다.
어둠의 숲에선 반딧불이가 동시에 빛을 내는
세상의 모든 것들이
어느 순간 닮아 가고 있을 때

왜 이 순간 역전 홈런이 아니라 파울플라이가 떠오르는
걸까.

일요일 저녁이면 우리는 조명 탑 아래서
나아질 게 없는 우리의 중년을 생각하지.

경계가 지워져 가는 암스테르담의 깊은 밤을
그 암담한 붉은 중앙역에서처럼.

드럭스토어의 낡은 문을 열고 나오는 중년의 여자,
그 파란 눈 속으로
낙하하는 운석.
비가 그녀의 긴 소매 끝을 적실 때
그녀는 하나가 된다는 것을 생각한다.

지명타자는 3루 측 관중석 하단에서 잡히는
빗맞은 타구를 멍하니 바라보고 있다.
다른 곳으로 향하던 눈들이 하나로 모이는 곳
일요일엔 모두
암스테르담으로.

동시에

모두 한 손에 시계를 쥐고 있었다.
가끔 무거워진 손을 흔들기도 하면서
여러 명의 얼굴이 지나갔다.
오후, 골목, 마을버스
구도는 완벽했다.

직진하는 사람은 다른 어딘가에
뿌리도 없이 산다고 생각했다.
우리와 무관하게
노란 버스에서 내린 일곱 명의 아이가 소리를 질렀고
아파트 앞 늙은 나무 여기저기에 꽃이 피었고
똑같은 옷의 경비원들이 인사를 했다.

도시의 가로등이 일제히 밝아질 때
우리는 동시에 재난 경보 메시지를 받았고
여러 곳에서 우울한 소식을 접했다.
미아를 찾아야 한다고 생각하다가도
지난주 복권 번호가 궁금해졌다.

소복여관 4층에는 29일 만에 불이 켜지고
누군가 그 사실을 발견하고야 만 것이다.
자장면이 늦게 배달된 그날
우리의 눈은 더 이상 나빠지지 않았다.
우리는 272곳에서 동시에 사라지고 있었지만
어느 곳으로도 가지 않았다.

중독

테이블 위에 구겨진 종이컵들.
저것도 의도적이라면
혹 표면이 문제였다면
저기 나풀거리는 흰 옷은?
마네킹처럼 내 앞으로 걸어왔다가
눈앞에서 사라지는 것들.

노란 약물을 척추에 꽂고
빨간 꽃을 피웠는데
동백이라고 부를 수 없다.
커피를 여섯 잔 마시자
식물성도 동물성도 아닌 졸음이
사라졌다.

쌓이는 저 눈 위에 뭐라고 쓰려는데
꾹꾹 눌러쓰고 싶었던 말은
흔적이 없다.
약물이 다 된 볼펜처럼 써지지 않는 것들.

동백의 꽃잎 위에서 사르르
눈이 녹고 있다.
하수구 뚜껑 위로 김이 오른다.
길고 오래 지속되는 밤과 낮들을
그렇게 또
살아가야 하는 것이다.

난독증

진지하게 뜻을 내비쳤을 때
세상은 갑자기 사라진다.

구름이 해를 가리는 것과는 다른 기분으로
행간(行間)은 보이지 않는다.

묵독도 낭독도 허락하지 않고
너의 혀는 멀리서 움직인다.

길가에 지은 집처럼
너무 많은 밑줄이 너를 지나갔다.

아무도 모르는 당신의
이야기가 시작된 것이다.

사망진단서

이곳은 건조하게 비가 내린다.
동그란 얼굴의 너는 볼 수 없겠지.

저녁이 발밑으로 흘러들어 올 때
나는 몸의 구멍들을 열어 주었다.

손잡지 않고도 따뜻해질 수 있다는 게
어떤 것인지 너는 모르겠지.
너를 처음 본 순간의 가쁜 호흡도
상기된 얼굴도 가져오지 못했지만
연탄불 위에서 타다닥 터지는 군밤의
조금씩 부풀어 오르는 냄새까지
모든 걸 볼 수 있지.

네가 처음 힘겹게 내뱉었던 말들이
하나둘 사라지는
이곳엔 곧 투명하게 눈이 내릴 것이다.

오늘
—신문 배달원에게

당신은 모든 걸 너무 일찍 해치우고 유유히
또 다른 입구로 걸어간다.
404호와 504호를 건너뛰는 것은
당신의 큰 잘못은 아니다.

신문을 펼쳤다 접었다 하는 사이에
국물을 떠먹으며 나는
당신의 오늘을 심각하게 생각하고
어쩐지 미안해지려고 한다.

501호 남자의 생머리와 그 아들의 곱슬머리가
502호와 503호 개들이 의심스러울 때
끼어 들어온 스포츠 신문을 보며
당신의 길고 길 하루를
이해하기로 마음먹은 것이다.

결국에 도착하는 출구처럼
바뀌지 않는 요일과
바뀌지 않는 이름의 순서.

아침에 넥타이를 매면
바뀌지 않는 믿음이 생긴다.

입구가 출구인 오늘
비상구를 찾아 우리는 출근을 서두르고.

소녀의 기도

머리카락이 점점 자라서
너는 곧 열두 살이 될 거야.
그러니 달리는 버스에서 뛰어내리거나
흰 양말에 대해 이야기해선 안 돼.
밑도 끝도 없는 구멍 같은 이야기가
너를 알아보게 할지도 몰라.
너는 또 열여섯 살이 되겠지.
검은 스타킹이 어울리는
그땐 보이지 않는 뒤쪽은 생각지도 마.
주름치마의 세계는 불안하고
사람들은 들춰 보는 걸 좋아하지.
너는 머리카락이 점점 자라서
여기에 없는 사람이 되는 거야.

거울과 함께

여자는 주름의 배후였다.
미래에 완성될 저 얼굴.
거울과 함께 얼굴이
조금씩 융기한다.
얼굴 위로 짧게 소음이 지나가고
입술이 점점 자라는 게 보였다.
말이 넘쳐
라면은 불어 터지고.
감정이 늘어진
오후의 여자가
볼을 잡아당긴다.
각도에 따라 달라지는
눈썹의 그림자,
눈썹을 뽑으면 움직이는 입술.
미신과 믿음이
거기 있었다.

얼굴 없는 요일

1
오늘을 위해
옷을 벗고
긴 이름의 영혼이 떨고 있다.
얼굴도 없이 요일이 문 앞에 서 있다.

어둠 속의
먼지.

2
당신이 어둠을 밀어내는 동안
고양이 자세로 모든
아침은 시작된다.
길게 팔다리를 뻗고
결코 놓치지 않을 한 줌의 빛.

이 고전적인 아침에
크게 입을 벌리고

슬프게 쌓여 있는 공기를 마신다.
드문드문
내리는 아침의 비.

빗소리에
처음으로 눈뜨는
일년생 수목의 뿌리.
수목의 가장 오래된 잎과
오늘 당신의 얼굴이 만드는
외로운 각도.
모든 감정은 그 어디쯤에서 출발한다.

3
우리는 집을 잃은 고양이.
아주 조금씩 서로를 할퀴고
아주 조금씩 서로를 사랑하지.
날 선 발톱의 길이와
어둠의 깊이, 그리고

싸우는 일과 사랑하는 일
그 유별난 모양에 대해
우리는 다 말하지 못했네.

손에는 피가
입술엔 허기가
컵 속엔 물이
우리는 늘 그렇게 모자랐던 거야.
그것뿐이었지.
쭈그리고 앉아
기우는 달을 보는 심정으로
뭔가 몸 안에 가득 채워지기를 기다렸지.

우리는 고양이처럼
어둠의 맹원이 되어
주인을 버리고
얼굴을 찌르고
그렇게 사라지고 싶은 거였지.

아무것도 정해지지 않았지만
저녁은 빨리 당도했네.
뒤늦게 떠밀려 오는
이 별난 물질의 감정들로
우리는 아파하지 않았네.

4
다시
비가 오고
충분히 아픈 사람들이
저녁을 메운다.
페인팅을 한 저들 사이로
푸석푸석한 얼굴의 이름이 떠오른다.

신문보다 극장의 간판에 어울리는 긴 얼굴.
허공을 빠져나가는
그 얼굴에 주름이
그 얼굴에 수염이

그 얼굴에 여드름이
어처구니없는 진화의 얼굴을 지켜보는
우리는 조금 더
사람으로부터 멀어진 것일까.

5
무성영화의 주인공처럼
신음도 하지 않고
우리는 기어이
소멸을 향해 천천히 진화하는
마지막 인류가 되고 만다.

원더랜드 2

밤이 내린다.
그늘이 몰래 기어가는 게 보인다.
오해도 없이

눈도 있고
손도 있다.
무관심하게
그들은 따로 자란다.

내 필통엔
때로 비싸게 구는
작은 귀를 가진 화이트가 있다.

꼼꼼한 도벽(塗壁)처럼
그들은 그렇게 있다.

사과와 설탕의 세계

모빌이 돌아가는 것은 즐거운 일.
세상이 돌아가는 것은 무서운 일.
그러니 아주 조금만 천천히 지구본을 돌리자.
벼룩 같은 나라 콩알만 한 도시는
너무 빨리 밤낮이 바뀐단다.

아가야 넌 어디서 왔니.
머리맡에서 너를 위해
지루한 자장가를 들려줄게.

세상이 원하는 소년과 소녀.
입에 쓴 게 정말 약이 될까, 의심도 없이
아이들은 문득 소년 소녀가 되고.

머리 위로 쌩쌩 빗자루가 날아다니는
여기는 사과와 설탕의 세계.
이빨이 썩고 혈당이 치솟는
무서운 동네.
그러니 그 잘난 입을 닥치고 잠을 자야지.

부드러운 목소리는 항상 먼 곳에서부터 들려오고
사랑의 노래는 수염과 엉덩이를 자라게 하고
모든 고백은 모빌처럼 돌아가지.

그러니 뽀드득뽀드득 이를 닦고
오늘을 기념하도록 하자.

토닥토닥 아가야.
여기는 몇 개의 단어가 버무려진
달콤 쌉싸름한 세계.

숨은그림찾기

치마를 걷고 개울을 건너리라는
첫눈 위에서의 약속.
감꽃 떨어져
흙 속에 묻히기까지
너는 누구의 발밑에 있었던 거니.
캄캄한 지붕 아래 웅크리고 앉아
누굴 기다리고 있었던 거니.

연필에 침 묻혀 가며
아홉 개의 꼬리를 찾다가 발견한
까끌까끌한 호박씨 하나.
내 것도 아닌데, 생각하다가
도망가지 못하게 얼른 동그라미를 친다.
나머지는 어디로 갔을까.
올가미에 걸려든 제비는 제 마음 숨기기 어려워
성한 다리를 부러뜨린 걸까.

싱숭생숭 봄이 그렇게 지나갈 때까지
뭘 하고 있었던 걸까.

제발 건너지 말라고
한 번만 봐 달라고 소리치는 너를
어찌하여 그 눈 속의 티를 보지 못했을까.
소년의 수줍은 손이 한 여인의 볼을 만지기까지
늙은이들은 모두 어디로 갔나.
그 여자의 볼은 어디로 갔나.

더블헤더

머리 위로 우기(雨期)의 바람이 불었다.
물은 오랫동안 컵 안에 무겁게 담겨 있었고
승패와 관계없는 몇 개의 게임이
남아 있었다.

애인으로부터 버림받은 사람처럼
불펜에서 노닥거리거나
구경 나온 다른 그녀를 위해
우리는 희생번트를 댔다.

스파이크, 스타킹, 발목……
비어 있는 스탠드를 보며
우리는 전력 질주하지 않았고
홈으로 돌아오는 걸 잊었다.

주루 코치는 더 이상 코를 만지지 않았다.
스파이크, 스타킹, 발목……
스탠드의 관중들과 함께
우리는 천천히 사라졌다.

포물선을 그리며
맥주 캔이 날아왔다.
더그아웃에서 우리는 진짜 프로였다.

오늘의 요리

우리는 너무 빨리 서로를 이해하고
우리는 너무 쉽게 중심을 잡았다.

깡마른 저 요리사는
우리의 체중에 대해 무관심하다.

오늘의 메뉴는 하나.

똑같은 요리를 먹고
어떠한 윤곽도 남기지 않고
우리는 일어선다.

식탁 위에서 점점 굳어져
언젠가 맛볼 수도 없는 날이 오겠지.

먹어야 할 게 너무 많은데
저 구름을 다 가져갈 수 있을까.

비밀의 시작

어떤 손은 나뭇가지를 비벼 불을 만들었고
어떤 손은 연약한 늑골을 지나 생명을 구했네.
사랑하는 이의 아랫배를 주무르던 손.
어떤 날에는 장미와 생선 머리가 너를 불렀으며
어떤 날에는 하루 종일 공만 받았네.
물에 팅팅 불어 알아볼 수조차 없더니
꺄르르 웃음과 눈물이 그 위를 오가더니
한동안 보이지 않던 손이 갑자기 나타나
어느새 빨간 깃발을 저렇게 흔들어 대는구나.
손이 손을 만져 어제의 밤이 뜨거웠고
손이 손을 위해 아침 밥상을 차렸으며
손이 손을 넘어 따귀를 날렸으니
저 손님을 어떻게 보내야 할 것인가.
저 펄럭이는 손을 어디에 보관해야 할 것인가.

구멍

검은 구멍 속에서의 일이다.

셔터를 처음 눌렀을 때
열병을 앓게 한 꽃샘추위가 지나갔다.

시린 손으로
두 번째 셔터를 누르자
거리에 때아닌 폭설이 내렸고
차가운 음식〔寒食〕으로 하루를 견뎌야만 했다.

세 번째는 으슬으슬 추워
어떻게 지나갔는지 모르겠다.
같은 구멍 속에서 오래 살았다.

벚나무를 움츠러들게 했던 공기를 뚫고
처음으로 몸에 싹이 돋았다.
간지러웠다.
때마침 한 줄기 비가 머리 위로 떨어졌다.
그게 네 번째다.

죽지 말라고
살아 있으라고 내리는 비〔穀雨〕는 아름다웠다.
비에 목을 맨 것도 처음이었다.

씨를 뿌리고
여름의 끝〔夏至〕에 도착했을 때
백일몽을 팔고 있는 사람을 만났다.
그는 지하철에서 여러 이름을 사칭했고
또 누군가는 팔다리가 없어도 잘 기어 다녔다.
버리고 간 신문으로
내일의 날씨와 운세를 읽었다.
하루하루가 비밀스러웠다.

가로수의 벌레 먹은 사과를 따는 동안
여섯, 일곱, 여덟
구멍의 수가 자꾸 늘어났다.

손님

구름이 베란다 안으로 들어와 앉는다.
새벽이면 잠시 비 내리고
때때로 동남풍이 부는 이곳에
벚꽃이 무더기로 피었다.
지상으로부터 20여 미터 상공.
엘리베이터 소리도
계단을 오르는 기척도 없다.
차곡차곡 쌓여 있는 신발장의 신발들.
백열등 아래서 빤히 쳐다본다.
백혈구가 떼를 지어 다니는
먼 안드로메다를 생각했다.
손을 뻗어 지그시 눌러 본다.
중심이 새까맣게 변하더니
바깥에서부터 천천히 밝아졌다.
이곳에 세를 들어 살기 시작했다.

이상한 방

이 방은 물 위에 있다.
나는 햇볕을 즐기며 주워 온 책을 읽는다.
책의 낱장을 뜯어 배를 만들자
방이 흐르기 시작한다.
자꾸만 떠밀려 가는 글씨들.
흐르는 방을 가만 생각한다.

문이 끝없이 달린 긴 복도,
초록색 문이 당신을 뱉는다.
햇빛이 나를 통과하자
바싹 마른 꽃씨들 쏟아지고.

똑같은 모양의 방문과
마실 수 있을 만큼 습해진
방 안의 공기들.
바깥을 완성하는 부피와
상관없는 오후가 흐른다.

신발의 힘

신발을 샀습니다.
백화점을 지나가다
발톱이 자란
발이 아파
신발을 하나 샀습니다.
작고 노란 신발.
사뿐사뿐 눈 위를 걷는 신발입니다.
삼십 년 저쪽에서부터 공사 중인 비포장도로를
걸어오고 있는 신발입니다.
양말까지 사고 나니
감춰진 발에 힘이 납니다.
신발 끈을 질끈 동여매고
어디로든 금세 달려갈 신발입니다.
날아가는 신발을 부러운 눈으로 바라봅니다.
비에도 젖지 않을
때가 묻지 않을 신발은
정말이지 처음입니다.
럭키슈퍼와 행복만화방이 보이고
눈 덮인 운동장의 트랙도 보입니다.

오늘 신발을 샀습니다.
감기약처럼 따끈따끈합니다.

꿈의 구장

아무도 모르게 옷을 갈아입고
꿈의 구장으로 가자.
버스를 타고 지하철을 타고
꿈의 구장으로.

같은 옷을 입은 사람들과
건조하게 손을 잡고
마지막 팬이 되어 응원을 하자.

먼 은하의 별들이 타닥타닥 터질 때
우리는 팝콘을 먹으며
맥주처럼 잠깐씩 흔들리지.

로진백을 만지며
홀로 마운드를 고르고 있는 저 사람을
근사한 사인 볼과 함께
그 사람으로 이해하자.

조명 탑의 마지막 등이 꺼질 때까지

인조 잔디 위를 달리고 있을

저 사람을 단 한 번만

이해하기로 하자.

국외자 3

모든 것이 분명하지 않은 채
우리는 또 봄을 맞았고
눈을 감고 침묵했다.

초콜릿과 사탕을 먹으며 혀 짧은 소리로
멀리서 온 손님과 대화를 나누기는 했지만
꽃이 피는 건지
지고 있는 건지 몰랐다.
그리고 잠시 숨을 멈추었다.

아무도 거들떠보지 않았지만
숨도쉬지않고말하지않기는
오늘의 꽃에 대한 우리의 정중한 인사였다.

신문은 점점 면이 많아지고
불안한 문자들이 자꾸만 늘어 갔다.

버드나무는 녹색의 잎을 허공으로 밀어 넣고
내일의 꽃은 온몸으로 힘을 쓰느라

얼굴이 더 빨개졌다.
부끄러운 줄도 모르고.

우리는 분명하지 않은 채
침묵에 맞춰 손뼉을 치며
봄의 중심으로 진입하기 시작했다.

나는 나에게서

내 입은 점점 부어오르고
내 입이 붓는 동안 그녀는 웃고 있다.

내가 나뭇잎이 돋는 순서에 대해 이야기하려는 동안에
그녀는 물안경을 쓰고 세상을 본다.

금붕어처럼 당신과 친해지고 싶은데
우리는 언제 만나게 되는 것일까.
꽃과 달리 잎은 기다리는 데 익숙하고
나는 해야 할 일을 하나씩 잊고.

강아지가 주인을 알아보는 일
꽃잎을 나누면 꽃과 잎이 되는 일.
저녁이면 그녀는 보이지 않고
나는 조금씩 그 사실을 알게 되고.

자꾸만 잎처럼 자라고 싶은데
꽃처럼 똑바로 서서 그녀는 말한다.
그녀는 그녀에게서 멀어지고

미간은 점점 더 넓어지고
엇갈려 자라나는 생각들.

나는 주인 없는 강아지처럼
그만 나에게서 멀어지고 싶은 것이다.

그리고 백 년 동안

횡단보도 신호등이 깜빡거린다.
우체통 앞에서 안절부절
마음도 함께 점멸한다.
어둠이 번지고 은행나무 아래로
오래전에 지나갔거나 지나가야 할
얼굴들이 쌓인다.
표정을 되찾은 이들은 두 갈래 길로
은행잎이 되어 하나둘 떠났다.

이게 마지막이다.
다시 우체통에 편지를 넣는 일은 없을 거다.
마주 보지 못한 사랑은 냄새를 피웠다.
그리고 백 년 동안은
평범한 적이 없을 거라고 생각했다.
은행의 열매들은
믿음이었다가 두려움이었다가 불안이었다가
결국엔 독이 되었다.
점멸하는 신호등이 모든 기억을 어지럽혔다.

돌아와 우체통에 머물고 있을
어둑어둑한 그리움에 대해 생각하는 저녁이다.
은행의 열매들이 우는 저녁이다.
누군가 그 마음을 훔치는 저녁이다.

소녀들의 기분

소녀들은 차례로 손을 들어 인사를 했다.
길고 짧은 건 금방 알 수 있었다.

커피와 홍차의 향기로 상대를 알아보는 건
아름다운 일이었지만 쓸데없는 짓이었다.

거울이 만든 소녀들의 마음
갈래갈래 소녀들의 기분은 여러 개였다.

영장류처럼 두 손을 처음 잡자
소녀들은 콜라처럼 잠깐씩 흥분했다.

감정이 몸과 마음을 지배했을 때
소녀들은 와자지껄 늙어 가기 시작했다.

구겨 넣은 노파의 얼굴을
소녀들이 몰래 펼쳐 보았다.

퇴행성 감정

이것은 정말 오래된 현실입니다.

온몸의 반을 잃고 힘겹게 헤엄치고 있는 니그로.
저 열대어는 다량의 눈물을 흘리고
너그러워진 게 틀림없습니다.

말브랑슈는 눈물에 대해 호의적이지 않았지만
눈앞에서 오래 머물다 사라진 사람은
군데군데 구멍이 뚫린 지루한 표정이었습니다.

찬밥을 물에 말아 혼자 먹는 늦은 점심.
마음이 쌀뜨물처럼 몽롱합니다.
같이 밥을 먹다가 숟가락을 놓고 나간 사람을
천천히 발라먹는 오후입니다.

거북이처럼 느리게
저녁의 골목을 걸어가다가
시장을 묻는 여자에게 수족관을 알려 줍니다.

골목

조금 우스워지고 싶을 때
골목을 걷는다.

김씨 아저씨가 구워 내는
붕어빵 냄새는 즐겁다.
달콤한 붕어빵 생각에
나는 조금 가벼워진다.

종일토록 종이만 줍는 이씨 노인과
날씬해지고 싶은 홍씨 아줌마는
황금잉어빵을 먹으며
기억상실증에 걸린 붕어처럼
매일매일 골목을 이야기한다.

아이들은 꼬리가 잘릴까 두려워
꼬리를 물고 골목을 달리지만
골목은 붕어의 것이다.

나는 삼다수 한 병을 들고

목구멍이 간질간질할 때까지
골목을 걷는다.
골목은 사라지기 좋은 곳이다.

어게인, 당신

우리는 기억 속에서 드문드문 있었다.
낡은 모자를 쓰고
예전의 유니폼을 입고.

오래된 글러브는 어디로 갔을까?
스코어보드의 빨간 숫자를
물끄러미 바라보고 있는 당신.

당신의 얼굴과 입술이
낯설어지는 저녁.
몸이 점점 어두워졌다.

기억으로 돌아가
순수하게 기억의 형식이 되기로 작정하자
당신도 나도 진짜 흑백의 사람이 되었다.

크리스마스

두 손을 높이 들고
불안은 고드름처럼 자란다.

당신은 맨발이었고
나는 유령처럼 당신을 안았다.

굴뚝과 굴뚝처럼
우리는 꽁꽁 얼어붙어 있었다.

빙하기 소녀
— 루시에게

오늘 밤은 그냥 자려고 해.
불을 끄고, 아무 생각도 없이
겨울밤들을 우수수 건너가는 저 눈을 보며
그 눈을 보고 휘둥그레진 초원의 커다란 눈을 떠올려.

큰곰, 작은곰, 페가수스, 긴 수염의 염소마저 사라지고
처음으로 해가 뜨지 않았던 그날.
은행나무가 보이지 않을 만큼 눈은 쌓이고
그 속에 잠시 가려운 몸을 눕혔는데
누가 그걸 기록으로 남겼을까.

독한 술을 희망으로 알았던 저 겨울밤들을
오늘 밤 가만가만 생각하면서
오래된 이 유리 안에서 그냥 자려고 해.

펄펄 내리는 저 빙하기의 눈은 아름답고
펄펄 눈이 내리는 이 도시의 내일을 보고 있으면
익숙한 노래가 생각나.
아, 전구 알처럼 따뜻해지는 몸.

투명하게 밝은 이곳에선 아무래도 잠이 오지 않아.

눈이 그쳐도 모든 건 그대로야.
치마는 여전히 짧고
불행은 불행을 닮고
이곳의 개들도 저 폭설을 밟고 지나가겠지.

밤을 잊은 그대에게

새벽 2시, 그녀는
부어오른 종아리를 매만지고 있겠지.
욕조에는 뜨거운 물이 넘치고
시계의 태엽은 조금씩 풀리고 있을 것이다.

고공 크레인 위에서 도시의 외곽을 바라보다
그냥 떨어지기로 마음먹은 사람.
어느 집에선가 그를 위한
밥상이 차려지고.

새벽 기도를 가는 여자의 단단한 몸집 뒤로
꼬리를 내린 고양이 한 마리 지나간다.

고양이가 사랑하는 생선과
생선의 비린내를 좋아하는 파리와
입을 벌린 채 기다리는 분리수거함.

신문을 잔뜩 싣고 털털거리는
스쿠터 1, 스쿠터 2, 스쿠터 3.

내일의 물건들이 내일의 일에 골똘할 때

쓰레기봉투처럼 자꾸만 쌓이는 요일들.
아파트 단지를 다 돌자
우리는 연결돼 있었다.

남자가 흘리지 말아야 할 것은

당신과 함께하는 저녁
자장면 그릇에 침이 고인다.

흘러서 그것은 추잡하고
흘러서 그것은 외롭다.

면발처럼 긴 저녁을
참고 또 참으면
머릿속의 침은 마를 것인가.

당신 앞에서 언제쯤
신문에 오르내리는 말들을 주워섬기며
잘 이어 붙일 수 있을 것인가.

나무젓가락으로 단무지를 들었다 놓았다
춘장을 찍었다 말았다, 하면서
나는 빈 그릇을 덮을 신문지를 생각한다.

일기예보

그녀가 허공에다 손짓을 한다.
그녀의 손은 길어서 닿지 않는 곳이 없다.
그녀가 짚는 곳마다 비가 내리고 바람이 불고
이백 년 동안 조용하던 화산이 폭발한다.

그녀는 맨 뒤에 나타나
떠도는 말들을 가라앉혔다.
모든 것은 그녀의 등 뒤에 있다.

모호한 경계와 냉랭한 분위기를
가까운 미래의 행로를
그녀는 고저와 좌우의 전선(戰線)으로 설명한다.
우리는 늘 우산을 준비해야 한다.

내일은 그녀에게
운명은 전선에
그녀의 부드러운 손을 떠난 종이비행기
족자카르타와 바그다드로 날아간다.

투명인간

나는 잘 보이고 싶은 사람입니다.

손님은 메뉴판에도 없는 안주를 주문하고
종업원은 30분마다 담배를 피웁니다.
어디에 속하는지 몰라 그냥 웃습니다.

당신이 옆 테이블에 한눈을 파는 동안
가장 부끄러운 일들을
즐거운 마음으로 상상합니다.

아무도 모르는 일이 아무도 모르게 일어나기를!
한 여자가 한 남자에게 키스를 하고,

누군가 이 세상으로부터
눈을 감아 버리는 일은 일어나지 않았습니다.

당신이 통화를 하는 그사이에
메뉴판을 세 번이나 읽고 있습니다.

당신이 내 앞에서
내 뒤통수를 빤히 보고 있을 때.

원 포인트 릴리프

투수는 조심스럽게 볼을 던졌다.
전대미문의 구질을 구사한다는
진지한 표정으로.

스트라이크를 던지지 못한 저 투수의 볼과
볼의 궤적에서 한참 멀리 떨어진
핀치히터의 풀스윙.

가운뎃손가락을 높이 들고
오늘 처음 만나 악수를 나눈
당신과 나는 편향적인 사람.

비밀을 알아낸 자의 표정으로
왼손 투수는 다시 볼을 던지고
저 볼은 어디에 가닿을 것인가.

주심은 언제쯤 스트라이크존을 걸치고 지나가는
저 비실비실한 볼을 이해할 것인가.
가장 편향적인 방향으로 생각은 날아간다.

오해

동물을 기르는 건 어려운 일이죠.
아이에게 내일의 날씨에 대해 설명하는 일처럼.

하나 둘 셋
우리는 입을 모아 합창을 하고.

동물들은 발을 들었다 내려놓는 사이에
이름을 잊어버리죠.

주인을 잊은 채
앞발을 들고 꼬리를 흔들고
먹이를 잊은 채
손님을 따라나서는

하나 둘 셋
따라서 슬슬 발을 움직여 봅니다.
오늘의 훈련이 끝나도
저들을 이해하기란 쉬운 일이 아닙니다.

기념사진

모든 일은 다음 날에 있었다.
비가 내리다 말다 했다.
한 번도 본 적 없는
이상한 구름이 기억난다.
소리에 관해서라면 아는 게 없다.
햇빛이 간혹 집의 안쪽을 엿보았고
장미가 그려진 담요를 내다 말렸다.
그날은 장미의 날이었지만
장미가 담장을 뒤덮었지만
구름의 뒤가 더 궁금했다.

크고 뭉툭한 봉지 너머에서
따갑게 빛이 날아왔다.
벚꽃이 피었다 질 때 연애는
아주 조금만 위험했다.
가시에 찔린 다음 날이었다.
아름답다고 생각한 건
하얗게 실밥이 터진 다음 날이었다.

섬광처럼 나타났다 사라진 것도
손으로 잡을 수 없었던 것도
모두 그다음 날에 있었다.
소리 없는 저녁을 걸어 나가자
낮은 음색의 얼굴들이 반겼다.
침착하게 있을 수 없어
자꾸만 입을 옴짝거렸다.

버릇

영화에 등장하는 개의 수는 홀수다.
영화를 보고 난 뒤
나는 골목의 전봇대 수를 헤아린다.
골목은 사라지기 좋은 곳.

백만 스물하나의 얼굴처럼
만두 집 사내는 둥글고
만두 집 고양이는 손을 들고 웃는다.

둥글게 얼굴을 감싸며
사라지는 만두의 냄새.
네가 멀리서 팔을 움직여도
나는 너무 쉽게 전염되고.

백화점을 오른쪽으로 돌아가는
택시의 번호판.
모든 걸 말해 주는 네 자리가
멀어지고 있다.

사소한 운명처럼
스물한 번째의 버스를 타고
누군가는 사라질 것이다.

호주머니를 돌아다니는 동전처럼.

연애를 읽다

그녀가 웃었다.
하얀 손으로 창밖을 가리켰다.
폭설로 교통이 두절된 먼 여관.
간신히 머리만 내놓은 표지판처럼
두 사람은 그렇게 서 있었다.
세상에서 가장 멀게 느껴지는 목소리로 한 여자가 말한다.
세상에서 가장 힘든 표정으로 침대 위의 그녀가 따라한다.
더 이상 견딜 수 없을 것 같아요.
한 여자의 눈은 순결했다.

눈의 나라에는
밤이 하얗게 빛나고 있었다.
또박또박 읽어 내려가는 남자의 목소리는 침착했다.
늦은 저녁의 우편배달부는
마치 그래야만 하는 것처럼 마지막으로 그곳을 지나갔다.

한 여자의 이마에 불이 켜지고
한 남자는 지상의 남은 겨울을 바쳤다.

오늘은 안 되겠어.
자꾸만 낯선 숫자가 떠올라.
질서가 잡히지 않는 하루와 어수선한 여관이
그녀는 이 모든 게 못마땅했던 걸까.

창밖에는 폭설이 내리고
나는 오래된 이야기를 읽고 있었다.

기록들

버스를 기다리는 사내의 가느다란 눈매와
한낮의 공허를 날고 있는 나비.
한 세계는 그렇게 만들어진다.
그사이에
모든 뜻은 빠짐없이 기록된다.

기록되지 않는 것은
다만 그 뜻과 먼 어떤 물질의 이동.

한낮의 나비에게서 해질녘의 저 사내에게로
아무 데나 거처를 정할 수 없는 것들이
참을 수 없이 느리게 움직이고 있다.

순환 버스는 늘 같은 시간대에 이곳에 정차하고
누군가는 보잘것없는 이 사실을 굳이 알고 있으며
저 사내와 나비는 아직도
오늘인 것이다.

분명한 오늘이

분명하지 않은 나비의 곡선 비행처럼
오는 듯 다시 떠난다.

아무 관계도 아닌
저 사내의 어깨를 어루만지는 오후의 에테르.
살짝살짝 떨어지면서
시드는 한 세계.
그럴수록 더욱 쪼그라드는 기록들.

우리는 가방을 싸고

어느 날 대문을 쾅, 닫고 나와서
4월에 우리 사귈래.
인사 같은 거 필요 없이.

엑스선만 통과하면 완벽해질 거야.
가방처럼 슬프고
가방처럼 뚱뚱하지만

우리는 바다를 건너가
하루 종일 꺼져 있을 거야.
머리가 마음에 들지 않아도
새로 사귄 친구와 노닥거리고
도로 위에 납작 엎드린 개처럼
내일은 생각지도 않겠지.

타우린을 섭취하기 위해 생선을 먹는
슬픈 눈의 고양이는 되지 않을 거야.

마감 뉴스

오늘 밤 내가 사는 이곳은 조용하다.
막 피어난 꽃, 향기가 날 듯 말 듯
바람은 불어
그 바람에 가는 비 조금 오고.
내가 사는 작은 동네에
아주 조금 비가 와서
버스는 제때 오지 않아
버스를 타지 않으리라고
굳게 마음먹는 그런 밤이다.
사실은 저 혼자 떨어져 내린 명자꽃 때문이다.
먼저 간 마음 같은 이름 때문이다.
사실은 아무 일도 없다는
오늘의 마감 뉴스 때문이다.
어처구니없는 사실에
먼 타지에 마음을 부려 버린 남자처럼
오늘 밤은 조용하다.
다른 것을 생각할 수 없어
저물지 말았으면 하는 밤이다.

세상의 집

밤이 되면 집은 뚱뚱해진다.
저마다 하나씩의 방을 차지하고
사람들이 꿈을 꾸는 것이다.
안녕
안녕
연기 같은 말들이
철창 사이로 환하게 손을 내민다.
세상의 집들에서
비밀이 흘러나와
하늘이 깜깜하다.

전력 질주

우두커니
몰려오는 저녁의 비를 바라보는
새의 표정으로.

은퇴를 심각하게 고려하는 저 타자.
한때 그도
몰려오는 저녁의 비만큼이나
감정의 두께를 가졌겠지.

게임은 언제나 정교한 자세를 요구해.
내리는 저 비를 피할 수 있을 만큼의
주의력이 필요한 거야.

그런데 아무런 준비 없이
배트를 휘두르고 싶어.
정말이지 근사하게 오늘만큼은
저 새와 함께 우아하게
저공비행을 하는 거야.
그 어디쯤에 분명 네가 있을 테고

무심한 너의 그림자에 놀라
나는 잠깐 당황하겠지.

차례로 자리를 일어서는 저 관중들 앞에서
헛스윙으로
삼진을 당하고 돌아서는 타자의
무표정한 얼굴을, 다시 한 번
보여 주고 싶어.
오늘따라 너의 꽉 다문 입술이 슬퍼 보이는 걸까.

이미 끝난 게임
9회 초 마지막 공격에서 터지는 장외 홈런.
우리의 생은 펜스 너머로 아득히 멀어지고
낮게 몸을 낮추며 비행하는 저 새는
오늘의 비를 무사히 피할 수 있을까.

먹이를 발견한 첫 비행의 저 새를 봐.
그렇게 다시
전력을 다해서

비가 내리는 베이스를
우리는 돌고 또 돌고.

떠올라(fly), 사라지다(out)

권혁웅(시인 · 문학평론가)

삶은 계란이다. 이 오래된 말장난은 적어도 삶에 또 다른 속성을 부여해 준다. 삶은 '충분히 숙성되어야 한다.'는 것. 같은 방식으로 여태천은 말한다. 삶은 야구다. 삶이 타율이나 방어율로 설명되는 게임이라고 가르치는 속류 인생론 얘기는 물론 아니다. 열 번의 기회 가운데 셋만 잡으면 성공이라거나, 열 번의 위기 가운데 두 번만 빠지면 괜찮은 거라는 얘기 따위는 지겹게 들었다. 삶은 확률이 아니고 처세술은 더더욱 아니다. 여태천의 야구는 타자에게도, 투수에게도 속해 있지 않다. 차라리 타자라면 "헛스윙으로/ 삼진을 당하고 돌아서는 타자의 무표정한 얼굴"(「전력질주」)에, 투수라면 한 타자만 상대하고 마운드를 내려갈 한 투수의 "비밀을 알아낸 자의 표정"(「원 포인트 릴리프」)

95

에 핵심이 있다. 둘은 한곳에서, 비껴감으로 만난다. "스트라이크를 던지지 못한 저 투수의 볼과/ 볼의 궤적에서 한참 멀리 떨어진/ 핀치히터의 풀스윙"은 동시적이다. 다시 말해서 저들의 '무표정'과 '비밀을 알아낸 표정'은 사실 같은 표정이다. 곧 그 표정은 아무것도 말하지 않음으로써, 아무것도 말할 것이 없다는 바로 그것을 말한다. 그들의 표정 혹은 표면 너머에는 아무것도 없다.

> 테이블 위에 구겨진 종이컵들.
> 저것도 의도적이라면
> 혹 표면이 문제였다면
> 저기 나풀거리는 흰 옷은?
> 마네킹처럼 내 앞으로 걸어왔다가
> 눈앞에서 사라지는 것들.
>
> 노란 약물을 척추에 꽂고
> 빨간 꽃을 피웠는데
> 동백이라고 부를 수 없다.
> 커피를 여섯 잔 마시자
> 식물성도 동물성도 아닌 졸음이
> 사라졌다.
>
> ―「중독」에서

구겨진 종이컵이 놓여 있으니, 누군가 그것을 구겼을 것이다. 이 '누군가'에 대한 사유를 우리는 초월자에 대한 사유라 부른다. 의도란 그런 것이다. 현상을 현상 너머의 초월적 인과율에 종속시키는 것. 하지만 사실 초월자는 경험적 지평 너머에 있다고 가정된 어떤 인과 판단을 그 지평으로 끄집어내기 위해 설정한 계기에 지나지 않는다. 구겨진 종이컵을 있는 그대로 보자. 누군가 종이컵을 구겼다고 하지 말고, 그냥 구겨진 종이컵이 있다고 하자. "표면이 문제였다면" 어떻게 하겠는가? "동백의 꽃잎 위에서 사르르" 녹는 저 눈을 "나풀거리는 흰 옷"이라 불렀을 때, 흰 옷 입은 누군가가 필요한 것은 아니지 않은가? 그러니까 이면의 의인화가 있고, 표면의 의인화가 있다. 전자는 초월자를 초대하는 작용이며, 후자는 현상을 기입하는 작용이다. 여태천의 시가 이야기하는 것은 전자가 아니라 후자다. "노란 약물을" 꽂고 "붉은 꽃을" 피운 저 나무를 "동백이라고 부를 수" 없는 것도 그래서다. 동백이라고 지명하는 순간, 초월자에 수반되는—초경(初經), 단심(丹心), 생명과 같은—관성적 의미가 저 나무에 들러붙을 것이다. 졸음이 "식물성도 동물성도" 아니듯, 동백도 그렇다. 중요한 것은 이면이 아니라 표면이다. 시인은 표면을 어떻게 떠올리는가? 야구로 돌아오자.

오후 2시 26분 54초,

커피 물이 다시 끓지 않는 시간.
식탁 위로 찻잔을 찾으러 오는 시간.
커피는 아주 조금 식었고
향이 깊어지는
바로 그때
도무지 아무 생각이 나지 않을 때
국자를 들고 우아하게 스윙을 한다.

—「스윙」에서

국자를 들고 하는 저 "스윙"이 플라이 볼을 만든다. 타자가 휘두르는 배트와 내가 휘두르는 국자 모두가 스윙의 궤적을 만든다. 이것은 두 개의 표면이다. 타자의 스윙이 내 스윙의 이면이 아니라는 말이다. 둘은 하나가 다른 하나의 취의(tenor)나 모사(copy)가 아니다. 두 개의 행동에는 초월적인 지평이 마련되어 있지 않다. 저이는 방망이를, 나는 국자를 휘둘렀을 뿐이다. 그런데 이 두 표면이 접속하면서 어떤 슬픔이, 무의미해서 쓸쓸하고 무의미해서 아픈 슬픔이 떠올라 온다.

당신과 함께하는 저녁
자장면 그릇에 침이 고인다.

흘러서 그것은 추잡하고

흘러서 그것은 외롭다.
면발처럼 긴 저녁을
참고 또 참으면
머릿속의 침은 마를 것인가.

당신 앞에서 언제쯤
신문에 오르내리는 말들을 주워섬기며
잘 이어 붙일 수 있을 것인가.

나무젓가락으로 단무지를 들었다 놓았다
춘장을 찍었다 말았다, 하면서
나는 빈 그릇을 덮을 신문지를 생각한다.
　　　　　　　　—「남자가 흘리지 말아야 할 것은」 전문

　자장면을 먹는데 그릇이 흥건해졌다. 나는 화장실 소변기 앞에 붙은 글귀를 떠올렸다. 오줌에 빗대어진 침은 물론 추잡하고 외롭다. 침은 당신 앞에서 긴장했을 때도 나온다. 이 긴 저녁을 어떻게 견디어야 하나. 신문에 실린 말들이나 주워섬기며 시간을 보낼 수는 없을까. 자장면 그릇 위에 덮일 신문지처럼 그렇게 무의미할 수는 없을까. 이런 무의미가 내 침을 덮어 감추는 표면이 될 수는 없을까.
　침과 오줌 혹은 자장면과 신문이 접속하면서 "당신"에 대한 내 상념이 적혔다. 사실은 "당신"도 몸[身]을 감당[當]

하는 어떤 표면이다. 그 몸을 놓치면 고백은 "기억의 형식"
(「어게인, 당신」)으로 바뀐다.

> 찬밥을 물에 말아 혼자 먹는 늦은 점심.
> 마음이 쌀뜨물처럼 몽롱합니다.
> 같이 밥을 먹다가 숟가락을 놓고 나간 사람을
> 천천히 발라먹는 오후입니다.
>
> —「퇴행성 감정」에서

시는 이렇게 시작한다. "이것은 정말 오래된 현실입니다.// 온몸의 반을 잃고 힘겹게 헤엄치고 있는 니그로." 어떤 열대어는 다른 고기를 뜯어 먹고, 어떤 열대어는 다른 고기에게 뜯어 먹힌다. 나 역시 혼자 남아서 떠나간 당신을 생선 구이처럼 "천천히 발라"먹는다. 그것이 "기억의 형식"이다. 내용을 갖지 못한 누군가를, 그의 표면이 해체될 때까지 뜯어 먹는 일. 시는 이렇게 끝난다. "저녁의 골목을 걸어가다가/ 시장을 묻는 여자에게 수족관을 알려 줍니다." 그 여자의 일용할 양식도 나와 같았다는 얘기다. 우리는 모두 그렇다. 당신이 거기에 없을 때, 기억은 당신이라는 형식을, 그 표면을 그렇게 발라내고 만다. 당신은 어디로 갔을까? 야구로 돌아오자.

이번에도 중견수는 머리 위로 날아오르는 볼을 놓쳤다.

조명탑의 불빛 속으로 사라진 볼.
뻔히 눈뜨고도 모르는 사실들.
판단에도 경계라는 게 있어
봐서는 알 수 없는 사실의 자리가 있다.

플라이 볼의 실재는
볼에 있는 걸까, 플라이에 있는 걸까.
비어 있는 궁리(窮理)에 있는 걸까.

플라이 볼이 흔적만 남기고 간 허공.
모양이라고도 할 수 없게
물방울들이 모여 있다.

커피 잔 위의 방울들
유난히 골똘하다.

　　　　　　　　　　　　　　　　　―「플라이아웃」에서

　"플라이 볼의 실재"는 어디에 있을까? 실체("볼")에 있을
까, 아니면 실체의 운동("플라이")에 있을까? 둘 다 아니다.
중견수는 "머리 위로 날아오르는 볼을 놓쳤다." 실체도 사
라지고 운동의 궤적도 자취를 감췄다. 남은 것은 "비어 있
는 궁리(窮理)"다. 사물의 이치를 따져 깊이 생각하고 연구
하는 게 궁리인데, 여기서 중요한 것은 궁리 자체가 아니라

그것의 '비어 있음'이라는 형식이다. 플라이 볼은 사라지고 남은 것은 플라이 볼의 흔적, 곧 온갖 생각들의 궁지(窮地)다. 저 볼은 어디로 갔을까? 알 수 없을 것이다. 기억은 바깥을 알지 못한다.

적당한 높이에 마음을 걸어 두면
어두워서 뚜렷해지는 생각들.
모두 플라이아웃이다.

—「플라이 아웃」에서

플라이 볼을 놓친 자리에 모여든 물방울들이 골똘하듯, "어두워서 뚜렷해지는 생각들"도 골똘하다. 단순히 어둠이 깊어지면 생각이 많아진다는 얘기로만 읽어선 안 된다. 저 물방울들이 곧 생각이므로, "모두 플라이아웃"이므로, 이 말은 생각이 혹은 기억의 형식이 실체와 운동을 잃고 앙상한 형해(形骸)로서 남는다는 얘기다. 원래 "플라이아웃"은 플라이 볼을 잡아서 아웃 카운트를 추가한다는 뜻이다. 그런데 중견수는 그 볼을 놓쳤고, 플라이 볼은 "조명탑의 불빛 속으로" 사라졌다.(out) 당신도 그렇다. 기억은 당신을 잡아채서 어떤 표면에, 특정한 형식에 고정시켰으나, 그로써 당신이라는 실체와 움직임은 내게서 영원히 사라졌다. 떠올린다(fly)는 것은 잡아낸다(catch)는 것이자, 사라진다(out)는 것이다. 무언가를 잡아냈는데, 곧 그것의 표면을

떠올렸는데, 그로써 그것의 실재는 사라지고 말았다. "비어
있는 궁리"가 뜻하는 게 이것이다.

> 두 손을 높이 들고
> 불안은 고드름처럼 자란다.

> 당신은 맨발이었고
> 나는 유령처럼 당신을 안았다.

> 굴뚝과 굴뚝처럼
> 우리는 꽁꽁 얼어붙어 있었다.
>
> —「크리스마스」전문

　우리는 고드름처럼 불안했고, 유령처럼 서로를 안았고,
굴뚝처럼 얼어붙었다. 이 짧은 이야기의 핵심은 물론 유령
에 있다. 나는 당신을 안았다. 그런데 내 품에 든 당신은
유령과 같이 윤곽이 희미해졌다. 당신은 떠오르면서 사라
졌다. 요점은 이것이다. 당신은 그런 유령으로써만 내게 떠
오른다는 것. 「크리스마스 캐럴」에서 스크루지의 과거와
현재와 미래를 관통한 것이 유령이었듯, 그를 이리저리 데
리고 다니며 서사를 장면화한 것이 유령이었듯, 우리의 포
옹도 바스라지며 기억의 형식을 완성한다. 저 불안은 우리
의 몸만큼 자랄 것이다. 유령의 존재 형식이 곧 불안이라는

말이다. 안기며 사라지는 게 당신이니까. 저 결빙은 우리 몸을 고정시킬 것이다. 우리가 다른 존재 형식을 알지 못한다는 말이다. 포옹이 저 사라져 가는 윤곽을 완성할 테니까.

> 주름치마의 세계는 불안하고
> 사람들은 들춰 보는 걸 좋아하지.
> 너는 머리카락이 점점 자라서
> 여기에 없는 사람이 되는 거야.
>
> —「소녀의 기도」에서

> 영장류처럼 두 손을 처음 잡자
> 소녀들은 콜라처럼 잠깐씩 흥분했다.
>
> 감정이 몸과 마음을 지배했을 때
> 소녀들은 와자지껄 늙어 가기 시작했다.
>
> 구겨 넣은 노파의 얼굴을
> 소녀들이 몰래 펼쳐 보았다.
>
> —「소녀들의 기분」에서

소녀의 성장도 그렇다. 주름치마의 불안은 그것이 언젠가 들춰질 것이라는 데 있다. 소녀는 처녀가 되면서 혹은

영장류가 되면서 소녀로서의 존재 형식을 잃을 것이다. 우리는 완성되면서 사라진다. 시집의 곳곳에서 우리는 이런 전언을 만난다. 이 사라짐의 모습들을 살펴보자. 첫째, 주름.

여자는 주름의 배후였다.
미래에 완성될 저 얼굴.

—「거울과 함께」에서

주름은 윤곽을 제 안에 말아 넣는다. 그래서 주름은 형상의 사라짐이자, 미래의 존재 형식이다. 여자의 표면은 넓어졌으나, 그로써 여자는 제 안으로 사라졌다. 자기 안으로 숨는 방식이 주름이다. 둘째, 강조 어법.

진지하게 뜻을 내비쳤을 때
세상은 갑자기 사라진다.

구름이 해를 가리는 것과는 다른 기분으로
행간(行間)은 보이지 않는다.

묵독도 낭독도 허락하지 않고
너의 혀는 멀리서 움직인다.

길가에 지은 집처럼

너무 많은 밑줄이 너를 지나갔다.

—「난독중」에서

작사도방(作舍道傍)이라 했던가. 길가에 집을 지으면 사람들이 오가며 말을 더해서 완성하기가 어렵다. "너무 많은 밑줄"이 "너"를, 너라는 존재의 집을 지나치며 쓸모없는 말을 보냈다. 강조하고 강조했는데, 그 결과는 세상의 돌연한 사라짐이었다. 너는 묵독도 낭독도 불가능해졌다. 네게로 이르는 "행간"은 사라져 버렸다. 새카맣게 칠해서 보이지 않게 하는 것, 그게 밑줄이다. 셋째, 완전함.

우리는 272곳에서 동시에 사라지고 있었지만
어느 곳으로도 가지 않았다.

—「동시에」에서

모든 것이 갖춰진 세상이다. "구도는 완벽했다." 모든 게 완벽했으므로, 모든 일이 일어났어야 한다. "우리와 무관하게" 일어날 일들이 일어나는 세계. 거기서 우리는 아무 데도 가지 않음으로써 사라진다. 모든 게 완벽했으므로, 우리가 없어도 세계는 변하지 않는 것이다. 우리는 정주(定住)함으로써, 제자리에서 사라진다. 한자리에 붙박여 소멸을 감당하는 것, 그게 완전함이다. 넷째, 진화.

기어이 우리는

소멸을 향해 천천히 진화하는

마지막 인류가 되고 만다.

—「얼굴 없는 요일」에서

얼굴에 "주름"이, "수염"이, "여드름"이 자랐다. "어처구니 없는 얼굴을 지켜보는/ 우리는 조금 더/ 사람으로부터 멀어진 것일까." 얼굴은 자라서 얼굴에게서 멀어진다. 앞의 얼굴이 일인칭의 얼굴이라면, 뒤의 얼굴은 삼인칭의 얼굴이다. 멀어지면서 얼굴은 일인칭에서 이인칭으로, 다시 이인칭에서 삼인칭으로 변한다. 나의 표면(表面)에서 당신과의 대면으로, 다시 당신과의 대면(對面)에서 그들과의 외면(外面)으로 나아가는 일. 궁극적으로 그 길의 끝에서 얼굴은 소실점이 되고 말 것이다. 미래의 존재 형식이 소멸임을 확인하는 일, 그게 진화다. 다섯째, 습관.

사소한 운명처럼

스물한 번째의 버스를 타고

누군가는 사라질 것이다.

—「버릇」에서

"누군가"에게 마련된 "사소한 운명"이 "스물한 번째"면 어떻고 마흔 번째면 또 어떤가. "만두 집 사내"는 "백만 스물하나의 얼굴"을 하고 있지 않은가. 습관에게 모든 숫자는 사실 서수(序數)가 아니라 기수(基數)다. 저 "누군가"는 그냥 다수의 일원일 뿐이며, 그래서 그에게 배당된 숫자는 무의미의 지평으로 흩어져 버린다. 어제와 오늘과 내일이 그런 동일한 지평에 펼쳐져 있음을 확인하는 일, 그게 습관이다.

이 목록은 무한히 늘어날 것이다. 실로 여태천 시 속의 거주자들은 '떠오르면서 사라지는' 운명을 갖고 있는 것처럼 보인다. 이런 사라짐을 어떻게 감당해야 할 것인가. 이 소멸의 운명을 어찌해야 할 것인가. 마지막으로 야구로 돌아오자.

머리 위로 우기(雨期)의 바람이 불었다.
물은 오랫동안 컵 안에 무겁게 담겨 있었고
승패와 관계없는 몇 개의 게임이
남아 있었다.

애인으로부터 버림받은 사람처럼
불펜에서 노닥거리거나
구경 나온 다른 그녀를 위해
우리는 희생번트를 했다.

스파이크, 스타킹, 발목……

비어 있는 스탠드를 보며
우리는 전력 질주하지 않았고
홈으로 돌아오는 걸 잊었다.

주루 코치는 더 이상 코를 만지지 않았다.
스파이크, 스타킹, 발목……
스탠드의 관중들과 함께
우리는 천천히 사라졌다.

포물선을 그리며
맥주 캔이 날아왔다.
더그아웃에서 우리는 진짜 프로였다.

　　　　　　　　　　　　　　　　—「더블헤더」 전문

　순위는 이미 결정되었고, 미뤄진 경기 때문에 우리는 더
블헤더를 치르고 있었다. 우리는 끝나기 위해서, 이상한 방
식으로 경기에 몰두했다. 우리는 버림받고, 노닥거리고, 희
생하고, 달리지 않고, 먼저 사라진 관중을 따라 천천히 사
라졌다. "스파이크, 스타킹, 발목……"의 순서로. 그런데 이
때에 와서야 "우리는 진짜 프로였다." 사라짐의 운명을 감
당하기 위해서 경기할 때에, 아웃되기 위해서 플라이 볼처
럼 떠올랐을 때에 와서야 말이다. 어디서 누군가 "맥주 캔"
을 집어 던졌다. 몇 안 남은 관중도 이 사라짐의 노력에 동

참하고 있었던 셈이다.

그렇다면 우리는 야구에서 배워야 한다. 삶은 야구다. 승패와 상관없이 경기에 최선을 다한다는 따위의 인생론은 물론 아니다. 차라리 무의미한 경기에서도 무의미해지기 위해 최선을 다하는 것, 국자를 들고 우아하게 스윙을 하는 것, 이게 사라짐의 미학이며, 사라짐의 존재론이다. 우리는 드디어 사라지는 자들로써, 관계를 맺게 되었다.

당신이 내 앞에서
내 뒤통수를 빤히 보고 있을 때.

—「투명인간」에서

그녀는 맨 뒤에 나타나
떠도는 말들을 가라앉혔다.
모든 것은 그녀의 등 뒤에 있다.

—「일기예보」에서

나는 당신에게 잘 보이고 싶지만, 당신은 나를 투시해서 내 뒤를 본다. 당신은 모든 것을 결정하는 사람이지만, 모든 것은 당신의 뒤에서 투명하게 드러나 보인다. 당신이 나를 투시하듯 나는 당신을 투시한다. 우리는 서로의 배경이자 초점이다. 타자의 '무표정'과 투수의 '비밀을 알아낸 자의 표정'이 같은 것이듯, 나의 무화(無化)와 당신의 전능성